bang on the door™©

la fête de miss pestouille

Tamino

Ce matin-là, miss pestouille est très occupée à préparer sa fête.

Chères miss jolicœur,
rose tutu et p'tite princesse,

Je vous invite à ma fête chez moi à 15h00.
Voici la liste des cadeaux dont je rêve :

Une couronne de diamants,
aussi brillante que celle
de la Reine d'Angleterre.
Une piscine avec un dauphin dedans.
Ou bien un hélicoptère.

Bisous

miss pestouille

Elle s'est préparé un pense-bête.

Les invitations (c'est fait)

Une belle robe avec **sept** étoiles roses dessus (7 c'est mon numéro fétiche).

Des tonnes de ballons argentés.

Un énorme gâteau nappé de bonne crème verte (mais pas celle qui dégouline partout).

En découvrant sa nouvelle robe, son sourire retombe. Les étoiles sont bien roses, mais il n'y en a que cinq !

Quant aux ballons, elle n'en trouve que trois, et en plus, ils sont **jaune vif** !

Pas grave, ses amies frappent à la porte. "Coucou, regarde on t'a apporté des super cadeaux, tu vas adorer !" et elles se précipitent à l'intérieur.

"Comme vous êtes sympas!" s'exclame miss pestouille, aux anges. "Pourvu que ce soit la couronne en diamants" pense-t-elle en attrapant le premier cadeau.

Mais quand elle déballe
le paquet de **p'tite princesse**
"Oh" soupire-t-elle.
Un nouveau bracelet..."

"Et... des caramels mous.
Merci **miss jolicœur**."

"Et... un truc à bulles ?
J'en ferai peut-être
tout à l'heure **rose tutu**."

Les quatre amies s'installent pour goûter, quand **miss pestouille** remarque le gros gâteau à la crème verte qui dégouline partout sur la table.

Même l'énorme gâteau s'est renversé et s'est écrabouillé sur les petites filles qui sont maintenant dégoulinantes de crème verte. Beurk !

Mais miss jolicœur lèche la crème verte sur ses bras...

"Elle est vraiment géniale ta fête !"

"Miammm ! C'est trop bon !"

"Dis, je peux essayer ton vélo ?"

Miss pestouille regarde sa robe, ses trois ballons jaune vif et son vélo tout neuf...

... son truc à bulles et enfin ses amies.

puis son super bracelet, sa boîte de caramels mous,

"J'étais tellement occupée à faire
mes caprices, que j'en ai oublié
le plus merveilleux des cadeaux du monde
et de l'univers!" dit-elle en souriant.

"Quoi? Qu'est-ce que c'est?" lui
demandent ses amies d'une seule voix.

"Mais c'est vous bien sûr, mes copines
à moi!" répondit miss pestouille
en leur faisant un gros câlin.

Cet ouvrage a été publié par Harper Collins Ltd en 2003
sous le titre : *little madam's party*
Personnages Bang on the Door copyright : © 2003 Bang on the Door tous droits réservés
bang on the door® est une marque déposée
Droits de licence exclusifs : Santoro
www.bangonthedoor.com
Texte © 2003 Harper Collins Ltd
Traduit avec l'autorisation de Harper Collins Ltd et de Santoro
© 2004 Edition First pour la version française du texte.
Imprimé en Chine